U0562357

古利和古拉与古鲁力古拉

［日］中川李枝子 著　［日］山胁百合子 绘　季颖 译

北京联合出版公司
Beijing United Publishing Co.,Ltd.

春天来了。早上,田鼠古利和古拉一打开窗子,屋子里立刻洒满了阳光。

"不知怎么,我觉得心里痒酥酥的。"古利说。

"不知怎么,我高兴得坐也坐不住。"古拉跟着说。

他们决定:"早餐到原野上去吃!"

胡萝卜、青椒、煮鸡蛋、
奶酪、洋葱、菠菜、
圆白菜、土豆，
哈！古利古拉独家色拉。

花生酱、橘皮果酱、
蒲公英、三叶草、洋香菜和芹菜，
夹在面包里，
哈！古利古拉独家三明治。

古利和古拉做了好多蔬菜色拉和三明治，放进篮子里。

蓝帽子　红帽子

古利和古拉

太阳　微风

来呀快来呀

他们唱着歌向原野走去。

来到一棵大树下,
古利和古拉忽然觉得有人拽自己的帽子。
"哎呀,干什么呀,住手!"
古利和古拉急忙去捂帽子,
可是帽子已经不在了。
"被鸟儿叼走了?"
"被风吹跑了?"
古利和古拉抬头一看——

啊，树上有一只兔子。

那只兔子头戴两顶帽子，大模大样地抱着胳膊坐在树杈上，

嘴里哼着："蓝帽子，红帽子，古鲁力古拉。"

他的胳膊好长啊！

"哎，我还以为是风呢。"

"哎，我还以为是鸟呢。"

古利和古拉惊讶得瞪圆了眼睛。

兔子看见他们的样子，忍不住扑哧一声笑了。

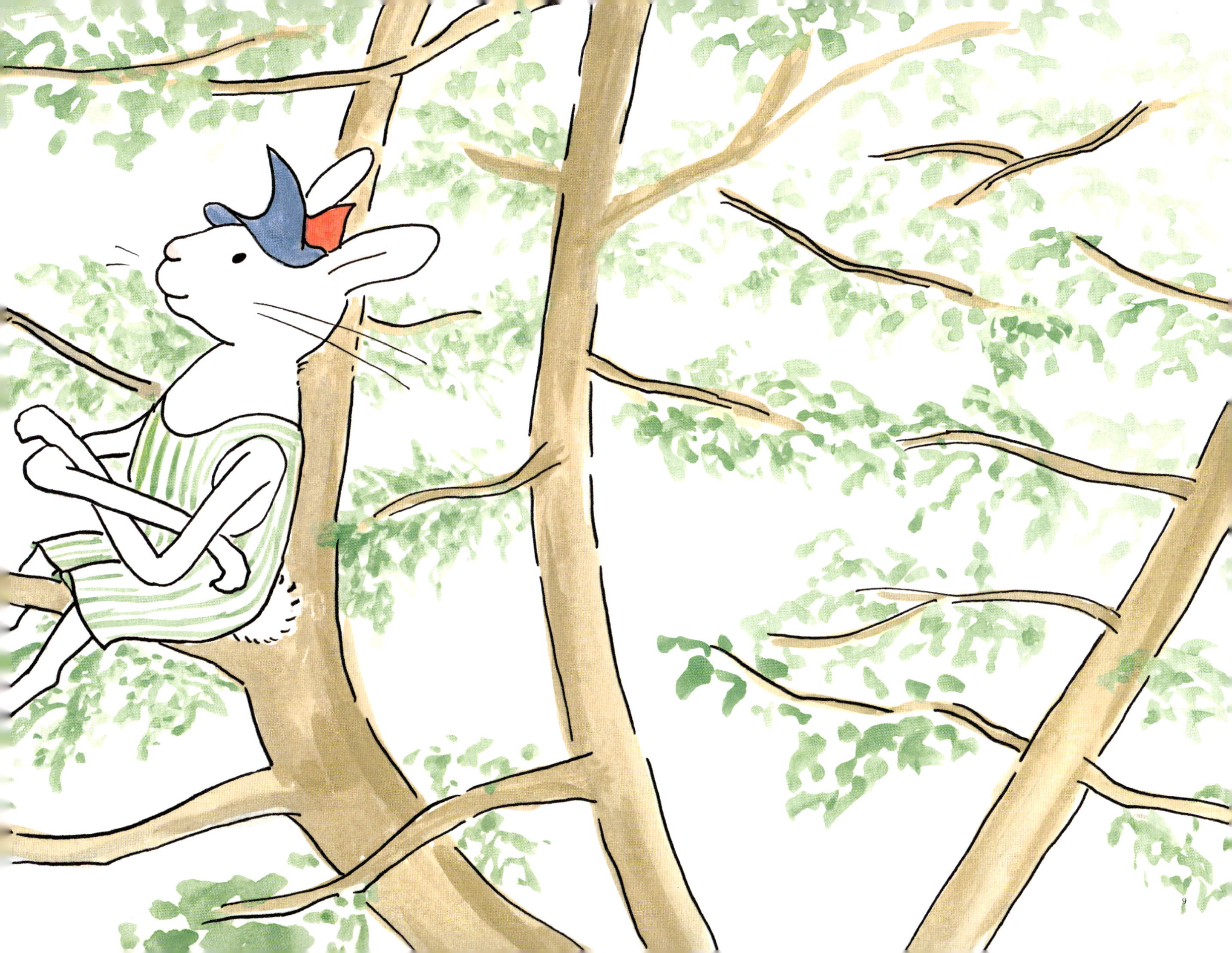

蹦　蹦　蹦

上树顶呱呱

长臂兔子

古鲁力古拉

兔子说着，啪的一下把帽子扔下来。
蓝帽子打着旋儿，
不偏不斜，正好落在古利头上。
红帽子打着旋儿，
不偏不斜，正好落在古拉头上。
"扔得真准啊！"
古利和古拉拍起手来。

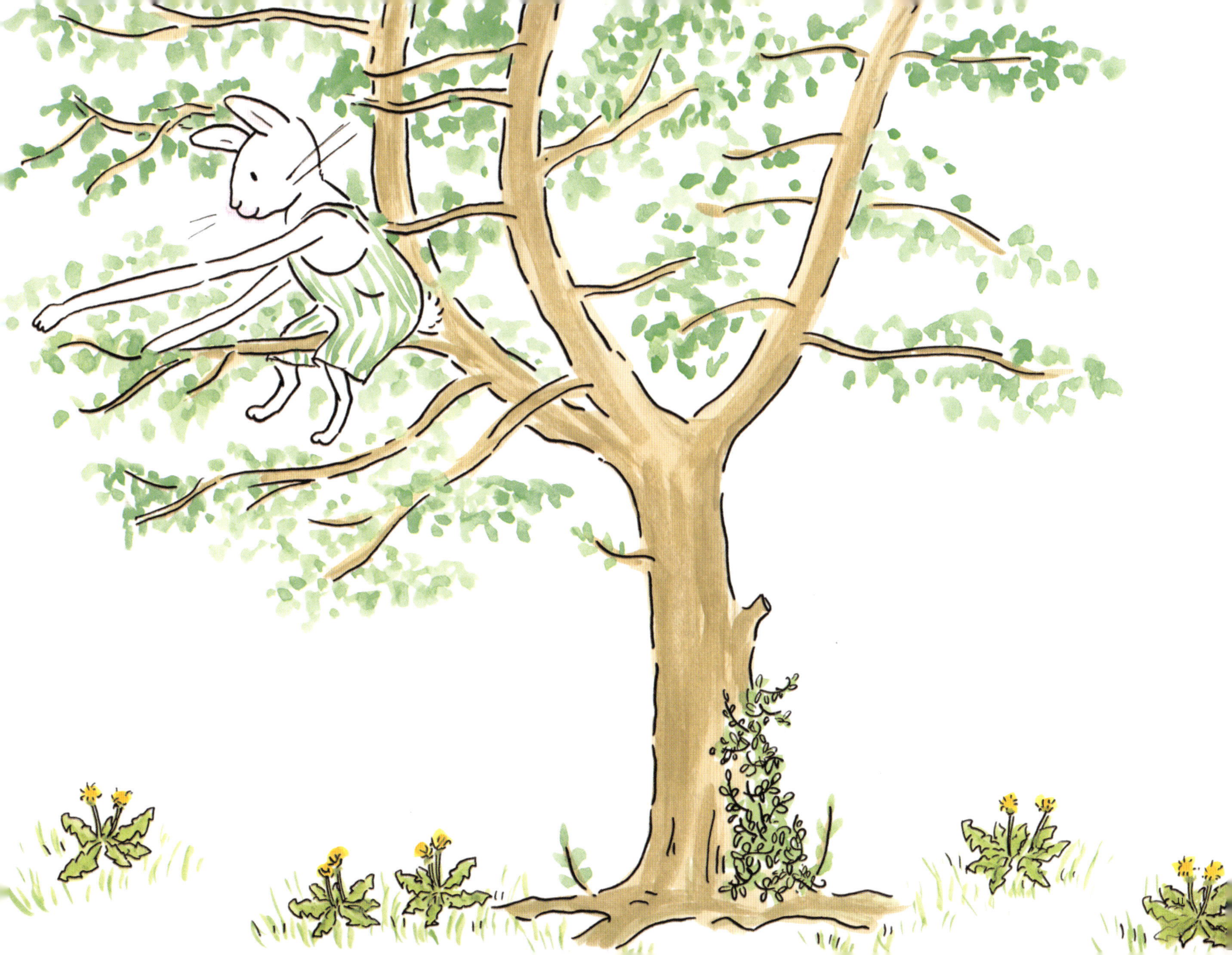

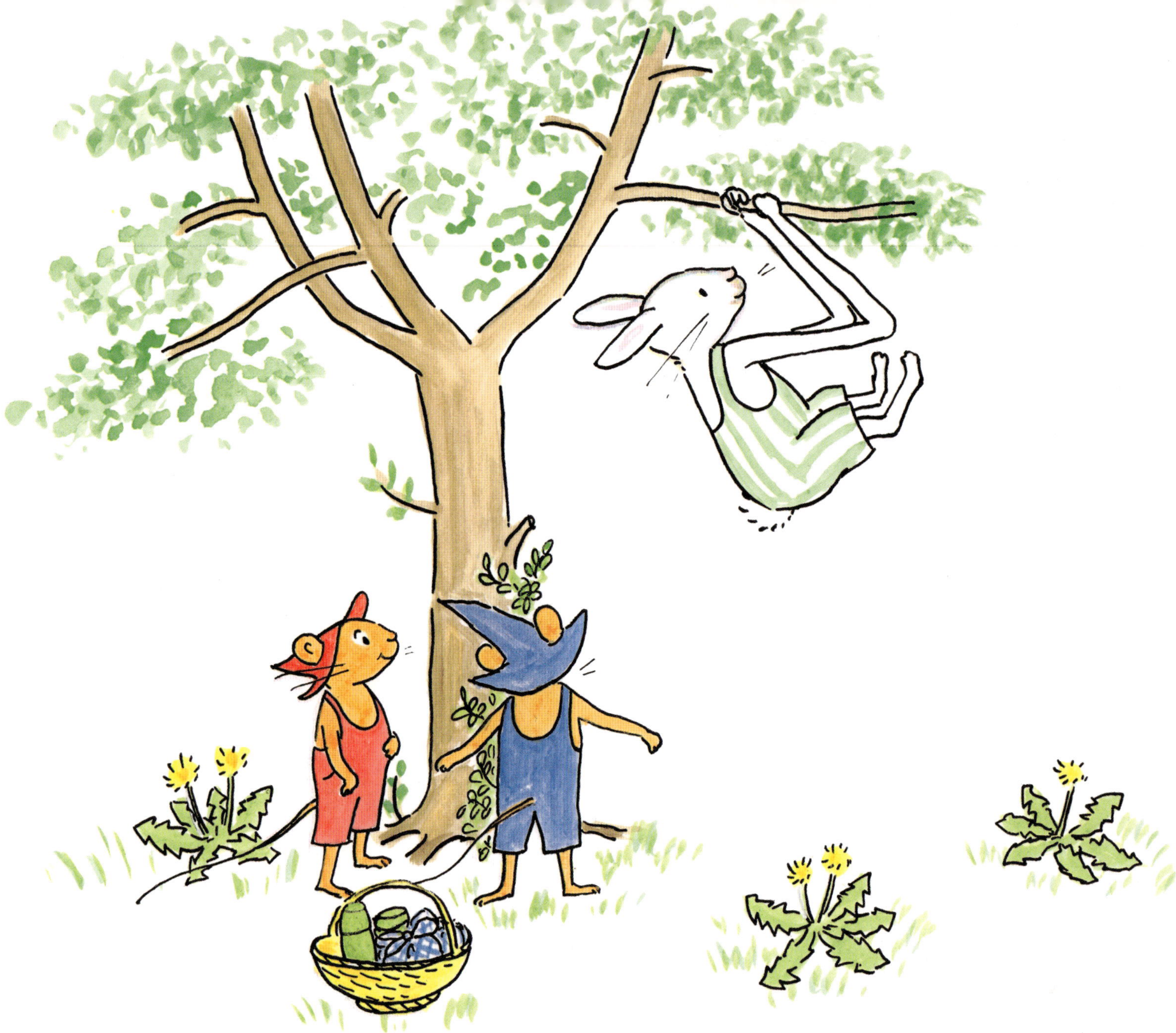

一见古利和古拉拍手,
兔子古鲁力古拉手把树枝,
玩了一个漂亮的翻身上,
然后他用脚钩住树枝,
把身体倒挂在树上。
"对不起,我要在这儿吃早餐。"
说着,他掐下蒲公英的叶子吧唧吧唧地吃起来。

"我们也带早餐来了。"

"来,咱们一起吃吧。"

古利和古拉把篮子拿给古鲁力古拉看,邀请他一起吃早餐。

"咦,这些都是早餐?也有我的份儿?太好了!"

古鲁力古拉砰的一下蹦到篮子前。

"好吃，好吃，我从来没吃过这么好吃的早餐。"

古鲁力古拉大口大口地吃起蔬菜色拉和三明治来。

早餐过后，古鲁力古拉拍着胳膊说："看！我的肌肉多发达。"
然后又说："你们，坐到我肩上来！"
古鲁力古拉驮着古利和古拉蹦来蹦去，一边唱着：

　　　春风　微风　古鲁力古拉
　　　想跳　想蹦　想跳舞

春风　微风　古利和古拉
想跳　想蹦　想跳舞

古利和古拉也跟着唱起来，然后说："我们也想上树。"

"好，咱们去。"
古鲁力古拉伸出长胳膊，
把身体吊到树枝上。

  古利 古拉
  古利 古拉
  古鲁力古拉

他哼着拍子，
一悠一悠地往上攀。

向上，向上，
终于攀到了树顶。
古利说：
"我第一次来到
　这么高的地方。"
古拉跟着说：
"这回，
　我想到云彩上去。"

"好，咱们去。"
古鲁力古拉伸手把
天上的云彩拢到一起，
做成一条小船。

古利和古拉高兴地跟古鲁力古拉一起乘上云彩船。

两手当桨顶呱呱

长臂兔子把船划

古利　古拉　古利　古拉

古鲁力古拉

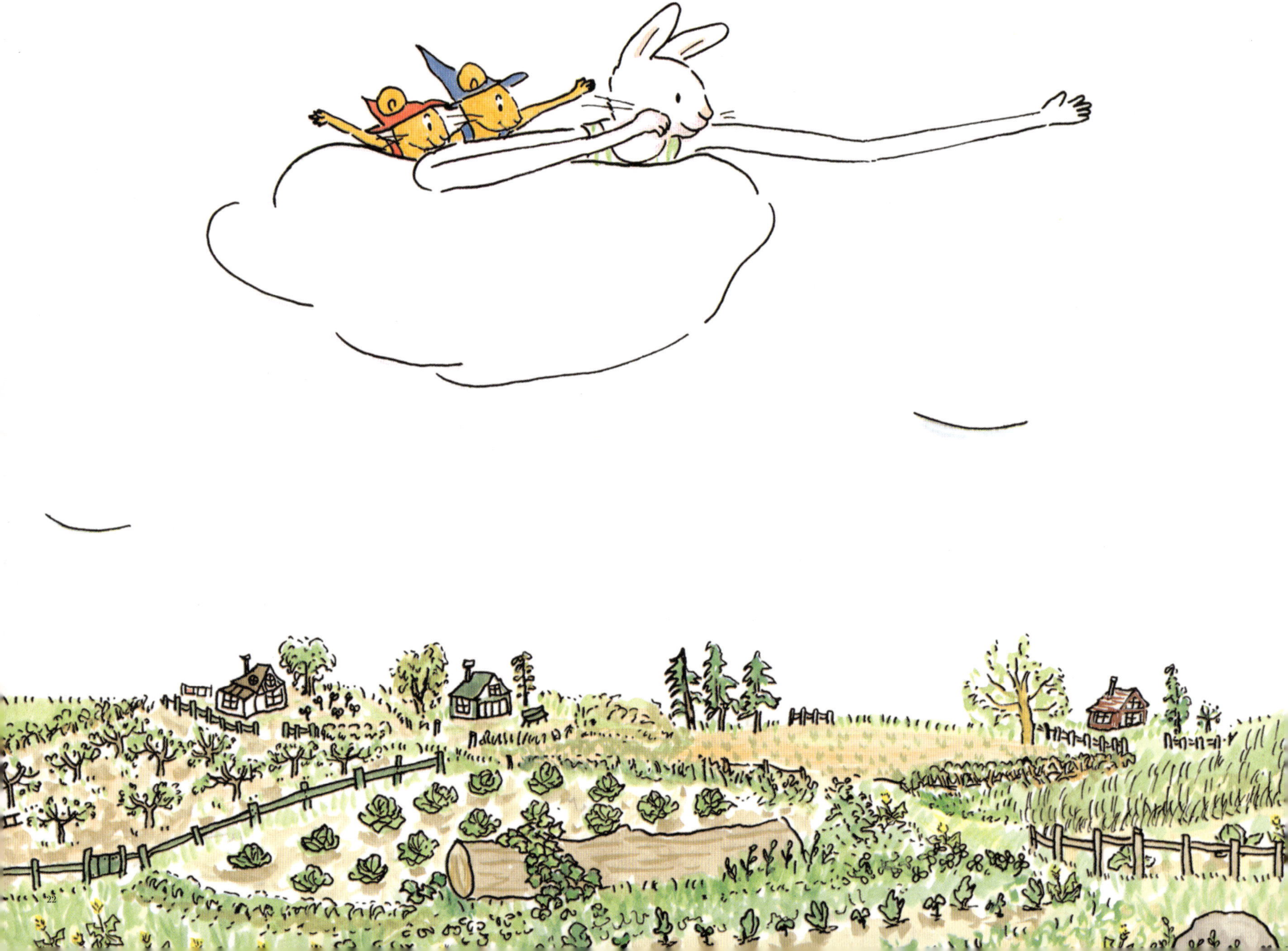

云彩船在天上兜了一圈儿,然后朝着一个小山冈飞去。

山冈上有菜园和房子,房子前站着一只兔子。

古鲁力古拉挥着手向那只兔子大声喊:

"妈妈,哟嗬——"

古鲁力古拉一心只顾挥手，小船摇晃起来，
差点儿翻了。
危险！
"哎呀呀呀……"
兔妈妈赶忙拿来竹耙，把船接住。
多亏了兔妈妈，
古利、古拉和古鲁力古拉安全地落到草地上。

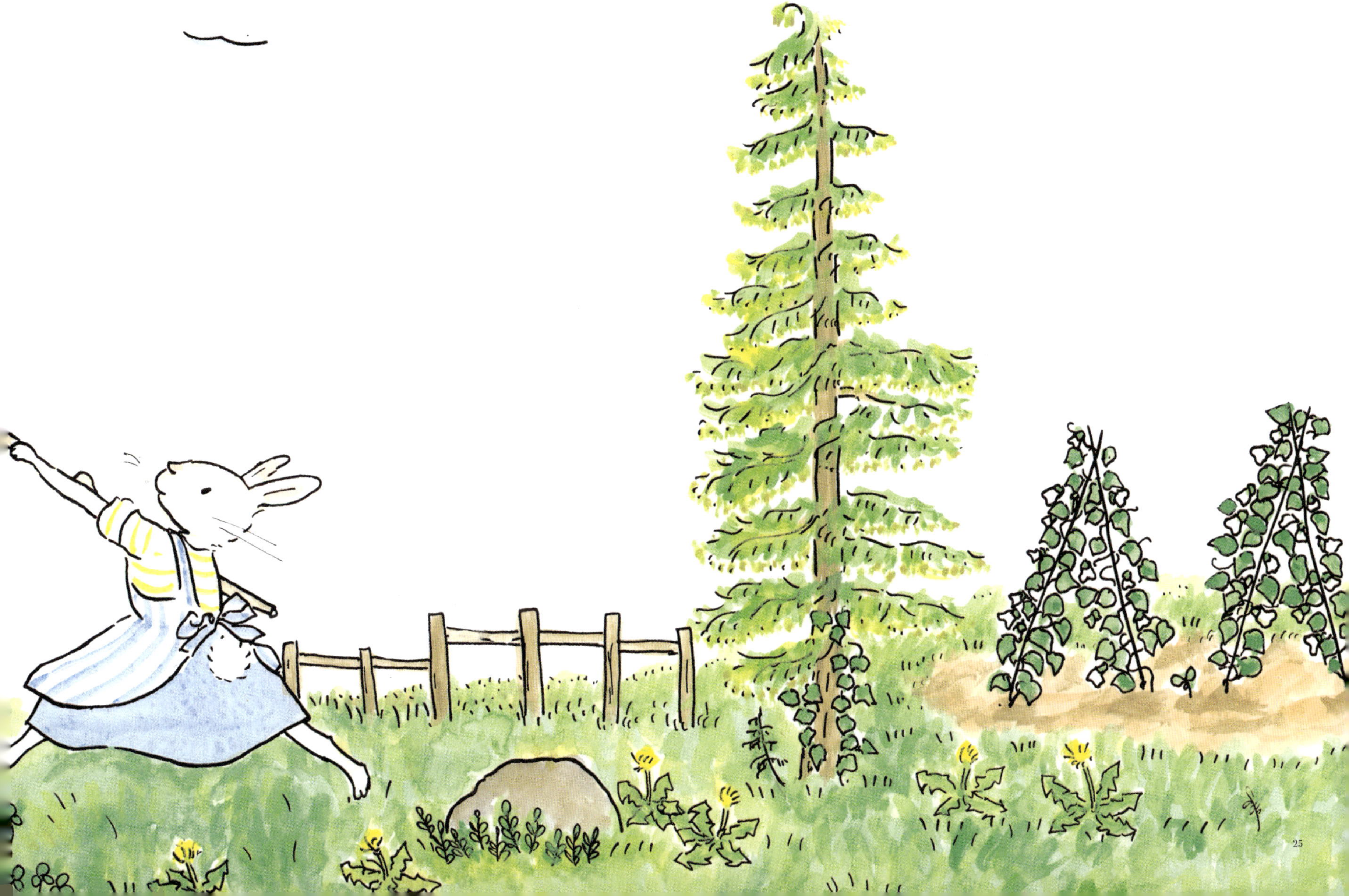

"哎呀！"兔妈妈喊起来，"古鲁力古拉，你的胳膊怎么变得这么长了？"
"我想当长臂兔子来着。"古鲁力古拉嘻嘻地笑着说，
"我一做魔法体操，就变成这样了。这样做的。"

"一、二、三、四……"
古鲁力古拉给大家表演起体操来。
哎呀？！哎呀？！这么一做操，

古鲁力古拉的胳膊
又变回到原来的样子了。
古利、古拉和古鲁力古拉
吃点心的时候,
兔妈妈用毛线编了三根跳绳。

兔妈妈说：
"想跳，想蹦，想跳舞的话，
就玩儿跳绳吧。"

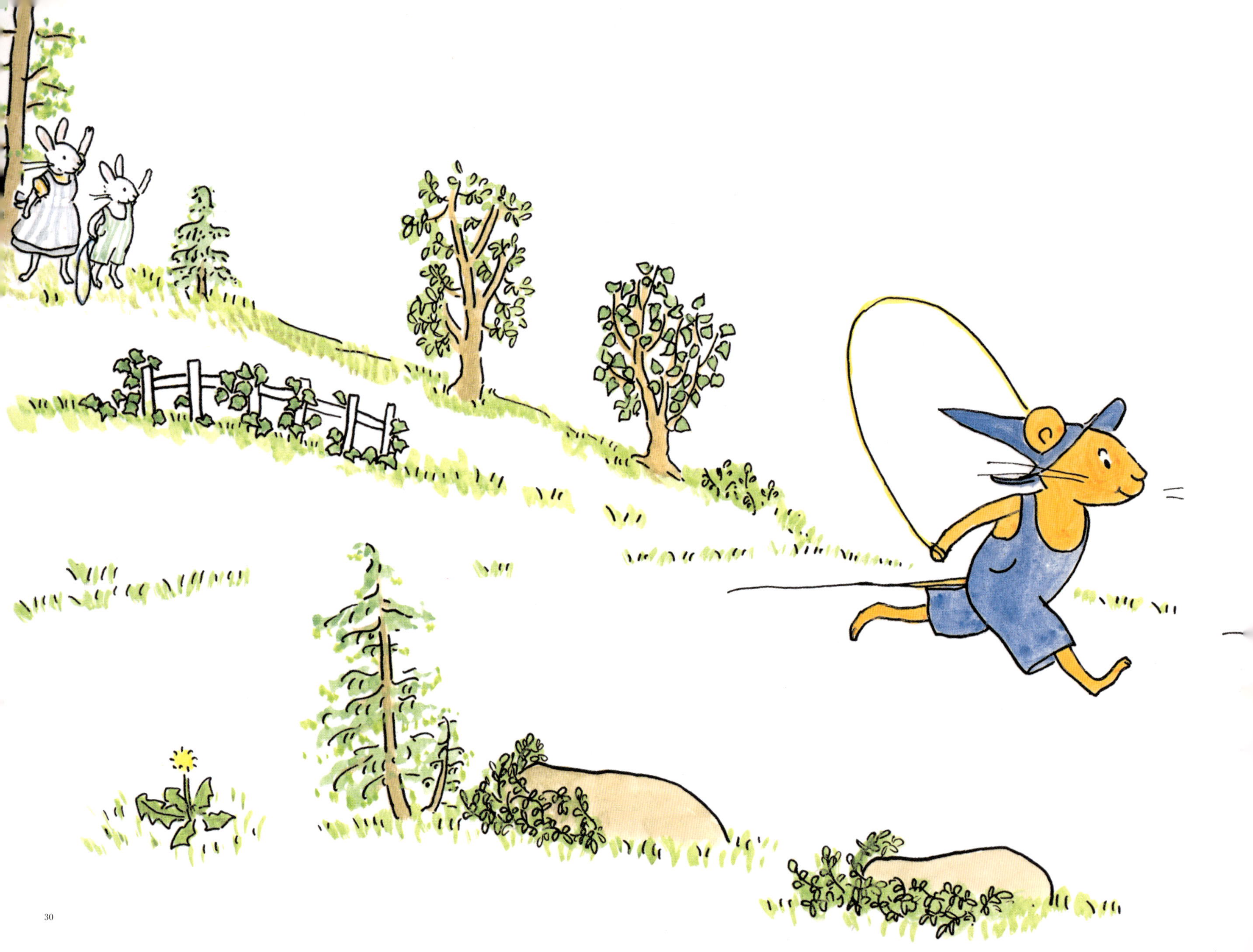

"谢谢，再见。"古利和古拉告别了古鲁力古拉和兔妈妈。

　　春风　微风

　　古利和古拉

　　想跳　想蹦

　　想跳舞

他们唱着歌儿，跳着绳儿跑下山冈。然后，他们穿过原野，

拿上篮子，回家去了。

北京市版权局著作权合同登记 图字：01-2020-2402
GURI TO GURA TO KURURI-KURA (Guri, Gura and Kururi-kura)
Text © Rieko Nakagawa 1987
Illustrations © Yuriko Yamawaki 1987
Originally published in Japan in 1987 by FUKUINKAN SHOTEN PUBLISHERS, INC..
Simplified Chinese translation rights arranged with FUKUINKAN SHOTEN PUBLISHERS, INC., TOKYO.
through DAIKOUSHA INC., KAWAGOE.
All rights reserved.